Alma Iris

Alma Iris

Dispersión de partículas
Formación de fenotipos

HUMBERTO MÉNDEZ

Editorial Llamarada, 2020

Editorial Llamarada, 2020
Primera edición: 2020
Humberto Méndez Charneco
Todos los derechos reservados
Diseño de portada: José L. Díaz de Villegas Freyre
Ilustración de portada: Pintura de
Carmen Elisa Arroyo Zambrana, 2019
Foto: Jorge I. Rodríguez (Fish)
Diseño interior: José L. Díaz de Villegas Freyre
Corrección: Argentina Elena Tejada
Editorial Llamarada
Derechos de autor.
Copyright © 2020 por Humberto Méndez Charneco
ISBN: 978-0-9909647-4-2

Niña muerte, gota de
rocío en mi pelo.
JAIME SABINES

…renacerás en el césped por
el que todos caminan o en la
flor que el sol marchita.
OMAR KHAYYAM

Life and death are one, and the entity of our
existence is eternal, persistent throughout past,
present and future.
DAISAKU IKEDA

Nota pertinente

El glosario en mi novela épica *Los hijos de Itiba* puede usarse como referencia de los vocablos taínos.

Nota preliminar

Cuando el acaso adelanta la cripta la mirada sale de luz y entra en sombra, la risa se hace sollozo, el semblante se desdibuja en la memoria, el amor gime y las aves en el viejo limonero ni trinan ni baten alas.

Tal fue.

Alma Iris, la primogénita de siete hijos de Antonio Méndez Cortez y María Esther Charneco Acevedo, apenas sobrecreció la cuna. Su corta biografía transcurrió en casa solariega en el barrio Las Marías de Moca. El padre, fiel creyente que antes del médico fue la curandera, recurrió a Doña Juanita, en el barrio Guayabos de Aguada, quien supo al instante que la pequeña cruzaba el umbral al infinito en las alas del Ángel de la Muerte y optó por no dar y validar la mentira esperanzada. «Su condición excede mis conocimientos, dictaminó apenada, requiere de la ciencia médica». Pocos días después dejaron el cadáver de la nena en hoyo sin salida del antiguo cementerio.

T*e la llevaste porque te dio la gana,* dicen reclamó mi madre a Dios con la frente ceñuda, los ojos cetrinos y rictus la boca. *Nada la prematura muerte adelanta. ¿Por qué entonces la aciaga expiación sin objeto ni provecho?* Reiteraba fija la mirada en el reflorecido de rosa y blanco limonero. El tránsito de la pequeña, el funesto desenlace, se había tornado impugnable y reprochable la divinidad que lo permitió.

Para los lugareños las verdades estaban en la fe y miraban la muerte como beatífico paso a la vida eterna. La buena conducta se sustentaba en el dogma y evangelio. En el piadoso entorno, la actitud de mi madre era irreverente. Incongruente, lo mismo decía haber perdido a la pequeña el otoño pasado que tenerla a su lado el instante antes. No sabía quién era, ni a qué atenerse, desvivía en especie de dispersa incertidumbre. La razón de su aflicción fue a la par motivo de escepticismo. *Pío no es quien obra según precisa para recibir la santidad por la gracia, sino el que repudia lo inicuo, sin importarle procedencia ni consecuencias,* argüía perpleja. A todo el que cruzó el camino real le ofreció la taza de café. Y a cuantos le atendieron narró con la persistencia de quien rehúsa olvidar el cuento de la noche que se topó con su niña difunta sentada al borde del pozo provisto para el lavado del café. *Lloviznaba, tan tenuemente que ni empapaba, el entorno mismo parecía irreal. En el sibilino instante la nena me dijo: «Mami, no llores más, todo es como debe ser, déjame ir a jugar». Y seguido saltó a posarse en mi hombro. Espeluznante la angelita, yo caí en pánico y asentí a su requiero: «Me atendré a tu deseo por ser tú quien me lo pide».* Nunca he puesto en entredicho sus objeciones a dogma y culto; no puedo, las sostuvo hasta el último día de lo que su vida fue, poniendo siempre en claro que ni estaba loca ni inventaba nada.

Convencido estoy: si sus expresiones hubieran sido frutos del encono o de la aflicción, sin más, las hubiera enmendado. En todo caso, no sería necesaria la clarificación, muchos en el barrio habían perdido tiernas vidas, harto experimentados ya con sus propias apariciones. Y si hubiera sido chifladura en ella, vincularía la parte mayor de los vecinos en frenesí colectivo.

La noche de la aparición mi madre sintió el impacto de manopla helada. A primera luz, ante el espejo, notó el pómulo inflamado y el ojo entrecerrado. La inexistencia de morbo concreto la llevó a pensar que la condición no era lo que parecía sino la facultad de la mente de alucinar como real lo ilusorio. No por ello pasó por alto que indistinto de causa la indisposición era la misma.

Al inicio mantuvo puertas y ventanas cerradas, eludiendo el astro rey, y cabeceó la noche entera, temerosa de soñar. Aunque, para sobrellevar la pérdida de su pequeña, el marido se había enviciado ya al cañazo, sin parar mientes, bajo parasol, la llevó a doña Juanita. Y la sibilina mano, entendida del efecto curativo de las plantas, pronto suprimió la zozobra a la luz y la aversión a los sueños.

OCHENTA Y TRES años después consideré volver al barrio. Llevaba dos lustros retirado de profesor, sin mucho qué hacer, menos que aprender y deseoso de olvidar la parte mayor de las tonterías que enseñan en las aulas académicas. Antes vacacioné en Europa, deslumbrado ante las ciudades monumentales, saboreando los manjares, degustando los vinos selectos de cada región y haciendo noche en hoteles con cinco estrellas. Nada escatimé, todo de primera para mí. Durante los años de empleado invertí en la bolsa sumas moderadas que han venido aumentando en valor y varios pisos en el área metropolitana que generan moderadas rentas. Anteriormente saldé mi casa colonial en el viejo San Juan, la que he tenido por refugio para temperar agravios y olvidar injurias. Por consiguiente, no era para menos que cerca del ineludible final dispendioso fuera conmigo.

Acumulé bienes, también ansiedades, barriga y dolencias. Consagrado al acopio y manejo de mi caudal no me percaté de ello hasta el atardecer que colapsé durante la cena en la fonda sanjuanera del hijo de canario nacido en La Habana que faroleaba ser español. Estuve cinco días recluido en el Hospital de Cardiología del Centro Médico de Río Piedras. La presión arterial pulsaba las nubes; el colesterol, los triglicéridos y la glucosa escalaban el cielo. El médico de cabecera, ex alumno mío, me lanzó mirada severa y dijo implacable: «Profe, o cambia su estilo de vida o se prepara a despedirse de este mundo». Y aquello bastó para querer volver a la placidez de la colina.

Pensar que era factible regresar al antiguo ámbito bucólico era engaño o al menos falacia. Habían abierto carretera, tirado el tendido eléctrico y telefónico, la tubería de agua potable y del alcantarillado. El nuevo propietario, exiliado cubano, había hecho pasto de reses lo que fue el frondoso cafetal de mis padres. De los viejos vecinos y sus proles nadie quedaba.

Cierto anochecer, en mi residencia de El Viejo San Juan, me sentí extenuado y retiré temprano. Del Reino de Cacibú, Señor del Cielo y de los Sueños, vino a mí la carretera de Moca a Mayagüez. A poco, agraciada joven hizo seña para que me detuviera. Vestía blusa con encajes y falda plisada de algodón, ambas piezas blancas, al estilo de antes. Amapola llevaba en la sedosa cabellera y en la piel esa viveza que ostenta la lozanía. Se acomodó en el asiento del pasajero delantero, giró y clavó la mirada en mi rostro. Dijo ser mi tía Dorotea y afirmó que aguardaba por mí. Yo elogié cuán juvenil lucía mientras pensaba que la bribona era más embustera que la misma Helena de Troya. La última vez que la vi, veinte años antes, fue en el cadáver de la octogenaria a quien daban santa sepultura. *La muerte corporal, contrario a la vida, a nadie envejece, le permite a quien alucina fijar el momento del ciclo de la vida en que concibe la aparición,* afirmó ella reiterando mi pensamiento. Y celebró mi intención de regresar al barrio: A*lojarte puedes en casa de tu hermana mayor Alma Iris.* Si bien aquello era inverosímil, impulso irreprimible me empujaba a darle crédito a sus dichos. Demandó que detuviera el auto en el cruce que forman la carretera y el camino real a Plan Bonito. Tan pronto se adentró en la estrecha vía desapareció en el éter cual centelleó de perdiz en el trasluz. Antes dijo: *Dobla en el antiguo ramal hacia Piedras Blancas y procede hasta la primera vivienda a tu derecha. Entra, no temas, habrás llegado a tu destino. Alma Iris te espera.*

Y allá fui.

La casa enclavaba a la entrada del monte con empalizada de hicacos. La bruma, espesa y vasta, hacía lucir el entorno como extensión, no de tierra firme, de mar muerto. No soplaba el viento, ni titilaba la fronda, ni entonaban sus notas melodiosas el coquí y los otros cantores de la noche campesina. Atmósfera esotérica y tenebrosa: la luna no reflejaba luz solar, ni brillaban las estrellas, ni el cocuyo fulguraba su atisbo de ánima errante taína. En el interior de la estancia no había antorcha de tabonuco, cirio o quinqué que la oscuridad iluminara. No hizo falta. Las sombras reflejaban sus claridades inmanentes de modo que día y noche eran giros de la misma hora y yo veía todo en puridad.

Sombrío y amplio el caserón disponía de habitaciones espaciosas y conjunto de cortinas, alfombras y muebles al estilo gótico florido. Recorrí los aposentos hasta el corredor al fondo que conducía a estructura anexa. La puerta se abrió por despliegue propio dando acceso a la pequeña estancia donde la muñeca de trapo en banqueta de madera parecía esperar por mí. Al entrar en la habitación me llamaron la atención el balbuceo y correteo propios de la infancia. Los oía. No veía a nadie. Pensé: lamentable condición es no saber qué hacer entre impresiones ambiguas.

Si bien caminos conllevan direcciones opuestas, desde estratos difusos y recónditos, cierzo tonante advirtió que más paradero no tenía aquel sino el céfiro. En muchas ocasiones creí ver a la tía Dorotea deambular despistada. Si digo creí es porque levitaba al desplazarse y pasaba de la dimensión visible a la intangible al vuelo.

Me acomodé al costado de la mesa en el comedor a considerar la participación de los demás en mi vida. En verdad solo me place estar entre la gente en momentos festivos. Respecto a los amigos soy cero; quiero decir, nunca nada tengo para darles y de ellos jamás cosa alguna espero. Tras la crianza de la prole, mi compañera se fue con el amante de ocasión, mero dato en el pasado nulo. Nos fuimos desvinculando. Acuerdo fue. Ella siempre ha de ser lo más importante para mí. Mis hijos jamás se dan la vuelta por el apartamento. Ante su desafecto, en ocasiones, me reprocho: «Tampoco les dediqué tiempo, es mi culpa, lo lamento». Otras veces lo festejo: «Preferible lo que son en indolencia y no copias de quien reniegan en relación íntima».

Me dirigí al cuarto contiguo donde encontré la cama de pilares tendida con sabanas de lino y almohada de plumas revestida en funda de algodón con encaje de mundillo. El buen gusto de los paños fue trivial comparado a la impresión que el lecho había sido preparado para mí. Ante la incógnita que aquello implicaba quise relajarme imaginando cundiamores arropando el Castillo de San Cristóbal y la Garita del Diablo.

Acogí su aparición sin reparos ni melindres. Estaba allí Alma Iris, aovillada ante mí, en bata negra de algodón y capa de seda traslúcida. Nunca la había siquiera imaginado, ahora la intuí como agua en el fluir que es mi vida. Impávida dijo: *Quien busca el hado lo encuentra. Bienvenido a esta tu casa.* Con todo, me sentí aprensivo en su compañía; sobre todo de que adviniera de niña a anciana alternativamente.

Salimos al balcón, sus movimientos eran tan volátiles, levitaba. Ideé descansar el brazo sobre su hombro para comprobar si tenía forma anatómica o no y sorprendido quedé por la solidez con que lo sobrellevó. Interrogantes sobran sobre ti, pensé, faltan las explicaciones.

Alma Iris pasó al jardín. De modo inusual señaló hacia el erial y allí donde nada hubo floreció desbocada rosaleda. Ponderé: «¿Cómo precisar si la aparición ante mí es real?». Alma Iris, cual si hubiera captado mi perplejidad, indicó: *¿Inquirir sobre mí? No faltaba más, hazlo, sin formalismos ni recatos. Responderé sin reservas ni tergiversaciones.* Yo objeté con llana discreción: «No lo haré, invadiría tu intimidad». Ella instó: *Tuyas, no mías, serán preguntas y respuestas. Discernirás que no por efímera es menos flor la flor, ni más* *vida la vida por longeva. Toda existencia, independiente de su medida, es la totalidad que le ha sido dada al ente, siempre mero relampagueo en la inmensidad del acontecer antes y después. Vida privada solo tuve en las circunstancias limitadas de la infancia. Nada ha cambiado: soy el angelito aquel que quieres conocer, no por la niña que fui, por la adulta que pude haber sido.*

Tal es.

Además de la real, tenemos otras esencias de vidas y ninguna por separado constituye lo que en el conjunto somos. Solo quien es consigo mismo en el devenir llega a entrever la totalidad del ser. Así, también, el conocimiento que se vislumbra en la dimensión de la alucinación es tan consecuente y tangible como el que presenta la realidad estructural.

El mundo campesino a simple vista parece ser otro, pero es el mismo, invariablemente lo es; el ojo humano alcanza a ver la presentación instantánea, no el orden en la fusión del devenir. Para los ancestros taínos la isla era ente vivo con sangre que corría por sus betas de oro y plata, se expresaba con

crujidos, transpiraba, cagaba y meaba por sus cue-
vas subterráneas. Toda la nación profesaba así. No
rige ya la idiosincrasia de aquel pueblo. ¿Ha cam-
biado, acaso, con los años, la naturaleza orgánica
en el archipiélago de islas?

¿Quién nos hizo creer que el principio mudable
del universo excluye la unidad en lo invariable?
Los elementos de realidad en torno a los vecinos de
antes y los de ahora convergen en punto concéntrico
acorde el acontecer. En este no hay base categórica
y carece de sustrato permanente. Hoy los vecinos
disfrutan los servicios públicos y la transportación
motorizada, pero están obligados al pago de las fac-
turas. Solo los dioses gozan de existencia grácil más
allá de los menoscabos del progreso y de la ciencia.

No digas más.

¿Para qué? No podrías particularizar tu vida.
Estoy al tanto de tu fallecimiento prematuro y
eso me basta. Si yo hubiera sido algo mayor, Juana
Mineró, mi nodriza, antes de su propia muerte, todo
me hubiera referido como solo ella sabía hacer. Juana
era la mezcla de africano y taíno y se expresaba en
voces afrotaínas que anteponía a las de España.

Premorí mi vida.

De la gente y los sucesos hasta mi muerte nada recuerdo. ¿Qué podría tener presente si ni ocasión tuve de sentir a plenitud? No existen los años que no se viven. Puedo recordar, en cambio, las personas y los sucesos a partir de mi defunción.

Aquel amanecer gris de otoño, por el fangoso camino real, el cortejo fúnebre acarreó el pequeño, liviano y modesto ataúd. Sobrios ante el absurdo que es el tránsito imprevisto, expresaban su tribulación, no con palabras, con silencio. Otros, ebrios ya a la hora temprana, anestesiaban la tristeza de cumplir con el deber involuntario. Todos penados por la pérdida que, sin ser suya, les causaba gran y dolida empatía.

Allí estaban mi padre, abuelo y tíos paternos sombreadas las miradas para disimular el lloriqueo que entonces era flaqueza exclusiva de mujer y niño. También se hallaban mis tías paternas lanzando gritos estentóreos, y era como si para allanarse al duelo la alborada misma suprimiera sus rumores y el cielo su rosicler. A su lado, Maruja, la irreprimible vecina, esbozaba muecas de desconsuelo y comprimía los labios en desconcierto. Y ella, mi afligida madre, ansiando otra más providencial circunstancia, evocaba mejores días e imaginaba la vida venturosa para mí en el aciago orbe del cero. Hija única, huérfana de padre, no tenía muchos oídos compasivos con los que compartir la pesada congoja. Aunque encubría el gimoteo bajo el rebozo negro, la convulsión entrecortada en la parte superior del vestido de luto lo evidenciaba. Sé que algo suyo murió en el angustioso recorrido y quedó enterrado con mis despojos en el antiguo cementerio. A la delantera mi abuela materna, mujer llana y resuelta, mostraba singular aplomo; tanto, ni parecía ser parte del lánguido séquito.

Horas después entramos en la iglesia del poblado. Concluido su servicio, el sacerdote se dirigió a la apenada concurrencia: «Esta criaturita inocente y pura ha sucumbido al sueño del que no se reanima. Su alma se desligó ayer de las ataduras mundanales y hoy nos contempla desde el cielo de los escogidos libre de pecado». *Raudo roció el agua bendita sobre el pequeño féretro, hizo cruces*

*peregrinas en el aire con la mano y encabezó con
letanías la procesión al cementerio.*

*El duelo lo despidió la maestra de primaria
del barrio, mujer menuda, de corazón, más que
noble, eximio, quien durante los cinco días escolares se hospedaba en la casa de mi abuelo paterno,
locamente enamorada del tío Palomino, con estas
palabras:* «Se podría lamentar que fue la muerte
malogro de su breve vida. Mas... ¿No sería más
apropiado consagrar que ascendió a la gloria
de los escogidos en el momento señalado por el
Salvador? En su breve trayecto fue angelical cúmulo de inocencia y pureza que provenía de su
carácter apacible y bondadoso...».

*Lo anterior es mero fragmento de la extensa despedida de duelo que pronunció la joven panegirista
y que yo no voy a reiterar en su totalidad aquí, sería
fastidioso para los demás y bochornoso para mí
repetir tantas y tan inmerecidas alabanzas.*

*Terminado el sepelio, parientes y vecinos desandarían sus pisadas lamentando cuán sola me
quedaba, lo que no entendía porque yo también
volvía en su compañía al barrio. Eso creía hasta que*

arribé al umbral de la puerta de la casa solariega y no pude entrar. Cuando me convencí que era en vano el esfuerzo tomé el camino que me condujo aquí resoluta a formar parte de aleatorias esencias de realidades.

¡*Pido* cuentas!

Deja ya de inventar lo ignorado. ¿Quién compele improvisar respuestas? ¿Monchín del Alma? Monchín del Alma cabalgó la campiña entre nosotros. Osamenta era su rostro oculto tras mugriento reboso. En las inmundas manos sostenía desafinado cuatro con acopio libertino de ron caña. Y pensar. ¡En las rocas del espíritu tallamos a Monchín del Alma!

Bajo el hado estamos todos, colegí. Pasar de prisa es deplorable; lo sé, pero hay algo tanto peor: dimitir de la vida. Recuerdo al primo Petronilo, tanto se quería matar, con tal vehemencia, no hubo manera de evitarlo. Ocasión no perdió para intentarlo. De nada sirvieron los bien intencionados consejos, ni el anticipado quebranto de la parentela y los amigos: ansiaba suicidarse y así lo hizo. Los que le amaron lo recuerdan en el aniversario de su muerte. Los demás al instante lo olvidaron. Para los que no lo conocieron nunca existió.

La vida, exceptuando breves intervalos, es tan solo raudal de fracasos. Ser prudente y cauteloso de nada eximen: el destino es fortuito y el humano, como tallo furtivo, al caer va en la dirección que sopla el viento. Parecen separadas vida y muerte; anudadas van en el acontecer.

Alma Iris ahora se sumó a mis conjeturas:

Morir cría también tiene su provecho: se afronta la muerte impávida al pavor del ataúd, desinformada de las bacterias y los gusanos que descomponen los restos mortales. Y no es de menor monta entrar al funesto trance sin temor al infierno, purgatorio y limbo, ignorante incluso del cielo de los escogidos.

Y qué del que aligera la jornada de su ciclo personal en provecho de causa o fin de mayor trascendencia que sí mismo. Los demás le censuran, pero guardan en su corazón fascinación ante él que fija el día y lugar precisos de su muerte motivado por deber y sacrificio.

Alma Iris calló. También yo caí al silencio. La cabeza apoyada en la palma de la mano, el codo en el alféizar de la ventana, observé la explanada desprovista de movimiento. Y cuando quise divisar los astros en la bóveda celeste lo que entreví fue inmensa vacuidad ennegrecida.

LUGARES HAY QUE tienen significaciones conexas. Castillo San Cristóbal, Morro y Plaza de Armas evocan la colonia española. La bahía de Guánica trae a la memoria la invasión de Estados Unidos a la isla. El Paseo de la Princesa rememora la dolida imagen de Don Pedro Albizu Campos. Estos enlaces referenciales mantienen peso, alcance y perfil muy definidos para poder cambiarlos o relegarlos a discreción.

¡Divagar, a solas, cuán oportuno! ¡Nada rebato! Enmiendo preguntas y rehago respuestas. Aquí, en el balcón de mi apartamento abierto a la mar, veo el crucero saliendo de la Bahía de San Juan. Las cataratas en los ojos me imposibilitan identificarlo. Lo he abordado antes, lo sé, he zarpado en todos.

El arribo del Señor de los Chubascos es siempre imprevisto. Y no debería. Esos goterones súbitos son parte esencial del día. Ráfagas barren las calles, arrastran zafacones y animan los gatos a buscar fatal abrigo en los tibios motores de automóviles. Ondea en el entorno júbilo y fastidio de a quienes alientan y deprimen días plomizos.

Cerré con tranca y cerrojo el balcón. Me dormí en la sombría sala, sin tomar cuenta de ello. De improviso estaba de vuelta al lóbrego caserón de Alma Iris. Ella instó impasible: *No me explico el porqué de la exhumación de mi cadáver.* Yo me sentí indignado; se requiere orden de tribunal para desenterrar muertos. Y no la hubo. Me llevé la mano al mentón. Pausé reflexivo. Como última posible explicación, consideré se llevó a cabo por orden del Departamento de Salud para practicarle a los restos pruebas médicas respecto alguna epidemia de ocasión. Nada resolví. Pero me sentí menos confundido dentro del absurdo.

Vida y muerte fluyen en el mismo devenir, ambas forman parte del continuo desde la menor de las partículas hasta el mayor de los astros y por preceptos tienen: Nada es. Todo va siendo.

No causó cambios sustantivos en los despojos la exhumación. Mi padre, que identificó el

cadáver, sufrió la gama de emociones que con-
mueven por vida.

DÍA SOLEADO Y abrasador, se creería estamos en el
umbral del infierno. Calles vacías. No salí a la calle,
aclimatado al aire acondicionado, excepto para
diligenciar comidas bajo aleros de edificios.

Dormí poco a la expectativa de Alma Iris. Cerca
del amanecer, ella se acercó a la cama refrendando:

*Me place pensar que a ti y los demás familiares
yo les he aportado más muerta que viva. No tiene
que ser así, lo sé, fortuitas son las circunstancias y el
ser enigma, pero yo que he estado atenta a la estirpe,
celebrando triunfos, lamentando fracasos, creo hice
la diferencia. Si no estuve allí, de cuerpo presente,
ni medié directamente en acontecimientos, a modo
furtivo, nunca quedé fuera.*

Por la vereda desfiló la tía Dorotea.

*Seres hay que no cuentan, sus coetáneos en la
tierra los evaden y los entes en el hado los exclu-
yen,* afirmó Alma Iris en tanto observaba a la tía.
Antes erraron solitarios la jornada de la vida, ahora

vagan aislados el orbe de la muerte. ¡Inexistentes entre vivos fueron! ¡Nulos son entre difuntos!

Yo he sido crucial en tu desarrollo, centinela de impulsos y del ansia irreprimible de vivir a plenitud. Ocasiones hubo cuando intuiste mi grácil presencia, inaprensible a los sentidos que captan tan poco. En el camino de regreso de la escuela a casa, a solas, en la tórrida tarde, recuerdas, en ciertos parajes tiritabas de súbito; y tú, sensible y perspicaz, sabías que consecuencia no era del frío exterior, ese que sopla en la brisa y refresca la tarde, sino emergente de adentro como espasmo álgido, secuela del presentimiento tras el misterio. Permanecías inmóvil; luego, cerrando los ojos, corrías a desaparecer el tramo y sosegar el ánimo. En aquellos rincones no me veías, ni tenías conciencia de mí, ni siquiera discernías si eran reales o imaginadas impresiones; no obstante, me intuías. Razón no había para que sospecharas mi presencia que no estaba allí. Si bien el vivo alucina la aparición del muerto, algo más requiere para entrever hálito de ente incorpóreo: ya su aroma, crujir o destello, ya las ardidas notas del babao en manos de Giaubarey dispersas en la voz

del viento, ya el abrazo o chasquido del inusitado
beso, ya la súbita saudade o lacrimosa endecha, ya
duende sombreándose bajo la ceiba con raigones
hacia el centro de la tierra.

La vida encuentra siempre la forma de alucinar la muerte. Hago memoria de la infancia campesina, las vivencias bucólicas y anímicas experiencias y concluyo: sobradas entelequias y aprensiones pasaron a formar parte de mí y hoy median mis juicios. No distingo la verdad del artificio que la simula. Y a lo que veo y a lo que imagino les atribuyo la misma esencia de realidad.

Razones no tenía ayer para suponer que quien suscitaba mis impresiones eras tú. Nada sabía de ti. Además, distinguir entre veracidades y falacias no es talento en el que excedo, memorizar fechas, tablas, medidas, cronologías, biografías y versos sí. ¿Cómo iba a entrever, acaso, entonces, que intangible estabas tú allí?

Alma Iris salió al jardín y yo la seguí. Arrimada a la empalizada avistaba el sendero. Dos siluetas emergieron a bulto y sin rostro. Intuí eran extensiones inmanentes de Alma Iris que yo animaba.

Este es el hermano de quien les hablé, indicó Alma Iris girando hacia mí. *Referidle del orbe de los muertos verdades para que él las pregone entre los vivos.*

La primera imagen giró hacia mí reiterando: «*Las partículas esenciales a la vida, tras la muerte, se agrupan cual gotas de rocío en los cuencos de la tierra*».

Cierto, exclamó Alma Iris. *También en la muerte duplicamos los modales de la civilidad. ¿Qué pensará nuestro huésped si no cumplimos con la simple gentileza del saludo? Permite, pues, que desempeñe el papel que corresponde a la anfitriona.* Y, sin más, volviéndose hacia mí, dijo: *Esta es Rosaura, pariente distante, nómada que nunca encontró lugar para sí.* Luego, rotando hacia ella, prosiguió: *Este es mi hermano, romántico entusiasta de la canción y del poema, muy humano en virtudes y defectos, soñador a tal extremo que no sabe si la realidad es algo concreto o ilusión efímera.*

«*Ya ves, no da margen a que me ande por las ramas esta hermana tuya, exige que trate el asunto*

en orden esquemático como si yo no fuera universo discursivo particular, se dirigió a mí la joven
impávida. Y agregó: *Hay en cada partícula de todas
las especies y todos los elementos la propensión a
fusionarse sin precisión genética. El proceso es inin-
terrumpido. Y no hay más categórico vínculo entre
la naturaleza viva y la muerta que esta inclinación
a la unicidad totalizada».

Dicho esto retomó el camino.

Alma Iris introdujo la otra con esta alusión.
*Adela, hembra febril, cuando el amante incons-
tante le aclaró que se había reconciliado con la
esposa se ahorcó con la misma intensidad con
que copuló y tuvo sus orgasmos en medio de im-
precaciones que hacían crujir las paredes en la
habitación. ¡Oh, a esta hembra los excesos en el
trámite goloso la malograron!*

«¡Qué lisonjera tu introducción!». Exclamó
Adela tornando hacia Alma Iris. «*¡Cómo me has
impresionado! No es para menos, imagínate, redu-
cir cuanto viví, sentí y soñé al placer en la lujuria».*

Giró hacia mí y agregó insensible: «*Yo quiero
impartirte esta verdad, faro de luz en el neblinear*

de la vida: cada morfología en su ciclo personal contiene la totalidad del cosmos y se amplía sinfín en el devenir eterno».

Y sin más dio la vuelta y reanudó el trayecto.

Cuando quedamos a solas le pregunté a Alma Iris si otros viandantes frecuentaban el imperecedero trayecto. *Sí,* afirmó ella. *Entre ellos engloban la diversidad de genealogías que han habitado esta ínsula. Ya en adusta soledad, ya en amena compañía, acorde el temperamento de cada cual. Bienvenidos todos, mas son los progenitores los que acuden a mi casa de brumas. Yo también soy caminante incansable, si estoy detenida aquí es por tu llegada. Recorrerlo, te advierto, es experiencia única. Primero, la distancia no es el espacio entre dos puntos, ni hacer el tramo es viable pues no hay extremos. Segundo, el entorno en su conjunto es siempre el mismo: noche eterna provista de luz que dimana de las sombras. Tercero, en la marcha no se suscita sensación alguna: ni se festeja ni padece el regocijo y la congoja del que concluye o no el recorrido. Cuarto, las partículas circulan impelidas por el imperativo de imbuir masa y crear vida.*

Yo quería, mas vacilaba, inquirir por nuestros padres. Alma Iris, partícipe de mi deseo, dijo: *El mundo de los muertos es de absolutos categóricos. Papá y mamá pasan por el camino en sombras en perpetuo peregrinaje. Se detienen, cruzan la empalizada y entran en la casa del celaje en esporádico encuentro. Debo admitir, es muy atinado, indeliberado, mas previsor, tu itinerario para este encuentro. Resulta sorprendente porque en el mundo de los vivos ni las leyes mecánicas del universo ni las dinámicas de la naturaleza, ni las inmanentes de la mente precisan cuando y donde alguien parte o arriba.*

¿Por qué dar crédito al filial encuentro? He disfrutado pocas coincidencias favorables. Mi mala pata es así. Ya ni auguro ni esperanzo. Vine del campo de Borinquen al gueto de Nueva York. Familiares y amigos ausentes, desamparo ha sido mi vida. ¡Heme aquí repartido!

Con propósito de aclaración, Alma Iris dijo: *Es atributo de este orbe la disparidad, no hay antes ni después, todo es continuo fluir. Transformación es desenvolvimiento fortuito y dispersión el imperativo*

indeterminado, por lo que excluidas quedan preci-
sión y regularidad. El móvil no es sino la proyección
que conforma la aparición alucinada. Intuirás,
pues, irreflexivo, tal es posible solo desde la perspec-
tiva del desvarío.

Interpuse ofuscado: ¿Debo entender que tran-
sitar aquí es estático, invariable y a destiempo?
Sí, afirmó ella. *Que no te confunda o conmueva*
el irreflexivo proceso, es tan natural a los muertos
como la indolencia a los vivos, fantasía sutil en
que, por maquinal, ni emociones ni circunstan-
cias median. No hay móviles ni preferencias, el
camino de la muerte es axiomático por antinomia
del incierto de la vida. El primero no tiene lími-
tes ni deslices. El segundo es estrecho con desvíos.
Advenir a otra esencia de realidad es parte inte-
gral de morir y permite dispersar las partículas en
el entorno. Tan mecánica es esta particularidad
del fin, ni pensar puedo en otra con que equipa-
rarla en el ciclo vital.

Alma Iris comenzó a cantar este bolero que fue
revelado al compositor por espíritus músicos:

Errante por esos caminos
se va hacia tierras lejanas,
llorando su pobre destino,
sola va, sola va, la pobre gitana.

Mis padres surgieron del fondo neblinoso de la senda y me examinaron minuciosamente. Yo me sentí algo molesto por no saber qué era lo que pretendían discernir. Alma Iris percibió mi desconcierto y vino a explicar todo: *Inaprensible al muerto el vivo es. Te preguntaras, por tanto, ¿qué habilita mi discernimiento de ti? No es facultad mía percibirte, el simulacro alucinado lo transmites tú.*

De la transmutación del orbe conceptual pasaste a la tía Dorotea a formar parte de tu entelequia virtual.

Inaccesible al muerto otro muerto es. Nuestros padres tampoco a mí me reconocen. Gravitan hacia la casa de niebla porque les canto La Gitana, de sí tan hechizada, y no urdo contacto hasta que aceptan mi presencia.

¡Insensible! Querer no sabe el muerto, ni que le quieran.

¿Sabían o no que vendría? Inquirí exaltado. Alma Iris contempló el erial y afirmó serena: *Oh, para ellos nunca ha sido cuestión de si llegarías o no, vida y muerte son estaciones del mismo viaje.* Yo la interpelé desconcertado: ¿Si no pueden precisar quién soy, por qué me esperan? Circunspecta, Alma Iris dijo: *Algo animoso debe haber en ello: o las expectativas de quien alucina se transfieren al espectro o los grandes anhelos rebasan la muerte con el mismo tesón con que se aferran a la vida o está enmarcada la perspectiva sibilina en la más trascendente de las ilusiones.*

Bulla, entiendo, haces, por el tomo que estás escribiendo sobre mi muerte. Te motiva, acaso, hermano, demostrar que eres capaz de sentar en impreso tu noción del más allá. Te alienta pensar que ese librejo fantasioso, inútil y al servicio propio, extensión narcisista de tu personalidad, te sobrevivirá. Pretendes continuar viviendo a través de sus hojas, tan insignificantes como el lugar que ocupas en el inventario de la humanidad. ¡Ignaro! Para cuando haya consumido tu cuerpo la gusanera o dispersado tus cenizas habrán decomisado ya tu nombre, enajenado tu casa y relegado tu obra literaria al olvido.

La totalidad objetiva del cosmos converge en la conciencia de cada cual, a mí me fastidia que alrededor tuyo estiles la imagen presuntuosa de gran escritor. Acaso fantaseas que en tu escrito preservas para la posteridad algo mío y de los progenitores falseando la viabilidad de nuestra presencia en el destiempo. ¿Será posible que los personajes de novela tengan vida propia, la narrativa vigencia y la trama consecuencias? ¡Jamás! El relato no puede recrear los elementos esenciales a la vida o actualizar las idas y venidas de los protagonistas o gestar las secuelas noveladas más allá del papel barato. Está escrito, sustentas cual verdad infalible con el pretendido alcance que se valida en la idea de lo sagrado. ¡Necio! Para ello se requiere el ejercicio de la fe devota que nada cuestiona y a todo se aviene.

Mi madre se acercó a mí. No ostentaba gesto alguno cuando dijo: «No presumas que las expresiones de Alma Iris han sido bien intencionadas. El aparecido puede ser frío, suspicaz y embustero *acorde temple y designio de quien lo alucina. Nada inaudito es que quieras hacer constar tus dudas y vacilaciones. Sed tu propia persona. Si te place anotar tus impresiones de la familia y demostrar por sus principios y causas la dispersión de las partículas tras la muerte, que nada ni nadie frene tu propósito. La vida no antepone la discrepancia a la anuencia ni renuncia el humano a esa experiencia única y personal que es realizarse a plenitud.*

De cuan fluctuante es la muerte respecto al ciclo personal de cada cual evidencia hay en los registros de estadísticas vitales. El de Alma Iris se anotó dolidamente, no con tinta, con lágrimas y óptima caligrafía. Luego fue rememorada entre los suyos como ninfa taína, virgen de la Monserrate, providencia de las Antillas y ofrenda de los Santos Reyes. La hambruna, la peste, el vicio y la daga que preceden al barquero que zarpa hacia el puerto a deshora hacen de la humanidad víctima impróvida en la nefasta ronda. Va el humano o con el inmenso problema de decidir a quién dejar el disputado caudal o con la nimiedad de los harapos y las alpargatas que nadie quiere. En su índole efímera, la muerte los iguala a todos. Al final, el haber no es dinero, ni la potestad poder, ni la reverencia éxito, ni perfume hay que aromatice la descomposición del cadáver». Ante mí solo translucencia hueca, rendija sin fondo se imponía. A veintitrés años de su muerte el vacío ante mí ni siquiera era atisbo de lo que en su día mi madre fue. ¡Platero, olvidadiza es la memoria! Las impresiones de los sentidos, fragmentadas o integrales, son a la par proyecciones categóricas del cerebro. Tales esencias de realidades no hacen a nadie capaz ni feliz.

Mi madre, que había pausado, dijo: «*Si el lazo afectivo entre padres e hijos se extendiera a todas las relaciones interpersonales, imagínate, qué risa, qué sollozo, qué malogro, no incumbiría por igual a toda la humanidad. Y nunca de modo excluyente optimizaríamos isla en archipiélago, continente en océano, planeta en galaxia, universo en multiverso. Claro está, para tomar conciencia de esto se requiere que se entienda destino en contexto conjunto.*

»¿Quién soy? ¿Aquel destello que cumplió su ciclo fugaz en los afanes terrenales? ¿Esta silueta

vaporosa y volátil en la alucinación? Antes fui inter-
valo en el acaecer incierto. Ahora soy profusa
continuidad de partículas dispersas en el universo,
prosiguió mi madre. Repasando mi vida terrenal
coligo que más fácil es reconocer y censurar errores
que hacer enmiendas. Si fui o no madre idónea en
la crianza no lo sé. Hago constar que nunca puse
cadenas en las piernas, ataduras en las manos ni
grilletes en la lengua de mis hijos. Y estuve allí,
cada segundo, ligada a sus asuntos, avivando risa,
enjugando lágrima, temperando caída. Y con los
recursos a mi alcance corregí cuantas faltas pude.

»Si el efecto es la variable cardinal, no por ello care-
ce la intención de trascendencia, designio y propósito.
Sé que si en algo fallé no fue abrigar pensamientos
desviados ni crueles intenciones; por el contrario, qui-
se para ellos cuantas ilusiones y esperanzas concebí,
relegando mis anhelos, bendiciendo el pan del susten-
to cada día. Y de sus corazones hice lugar abierto a las
virtudes, vedado a los defectos en la medida que mis
capacidades y sus aptitudes lo permitieron».

Yo dije: supongo que han de diseñar el sistema de comunicación masivo para muertos.

Maravilloso sería terminar este silencio sin tregua y que el difunto pueda reasumir la voz salvaguardada y conversar con el viviente.

Alma Iris instó nuevas ideas:

Las estaciones que preceden y siguen al ciclo vital dan cabida a esa dualidad que constituyen la partícula elemental y su dispersión inmanente. Esto no depende de si se conocen o no los principios fundamentales que lo viabilizan sino de la mera difusión de átomos cual brizna al viento.

El acierto al juzgar propicia soslayar la tergiversación de intenciones, de modo que propósitos elevados no caigan a bajezas y verdades a falsedades. Antes de darse a la tarea de efectuar su designio, el humano debe tomar las previsiones necesarias y proceder con moderación no sea que la buena voluntad resulte sospechosa y proyectos altruistas tomarse puedan por cicateros viniendo a menos.

Dada la brevedad de mi vida, no tuve consideraciones ignominiosas, ni viles pasiones, ni me sometí a la argucia, infamia o al escarnio de la gente. Aquí, a nada me expongo, no hay envidias, deseos ni propósitos que engendren vilezas.

Yo, considerando obligada la aclaración, elucidé:

Nadie concluya por los dichos que abortados, natimuertos y críos conciencia carecen de su muerte. ¿No les ha provisto a sus criaturas la naturaleza, acaso, el discernimiento instintivo del final? Mejor prudencia en todo caso, iniciados en estas digresiones podríamos concluir que cuanto más insensible el fin menos trascendente es.

Alma Iris, remedando, como siempre, mis ideas, musitó:

Es oportuno que dilucide aquí la imperecedera metempsícosis que es la muerte; yo, que, por haberla cursado, ya la conozco. Comenzaré por explicar lo que se entiende ser y no es: el fin. El sustrato vital tiene su dispersión, término y medida en la partícula que forma masa. Los universos son la interacción de la energía y la materia derivada. El breve ciclo entre sempiternos perfiles es la vida. Y la disolución del ser en los despojos es la muerte. La línea divisoria entre ambas es casi inexistente. Nada finaliza. Cada fase se integra a la próxima por volición inherente.

Y, tras la pausa, agregó:

Consecuencia es de la muerte y la congoja enlutada el credo fervoroso que fragua la ilusión del paraíso sublimado. ¡Absurdo! No inmortalidad, esencia de vida es lo que perdura. Aquella niña que fui ya no soy, pero algo de ella permanece y el que no pueda precisar lo que es no me hace menos real. La persona que pude ser nunca lo sabré, pero ignorarlo no es denegar de ello sino admitir que ni urge ni se toma en cuenta. Con igual disposición acepto lo que soy y cuanto pude haber sido. En vida el humano acaece sin recurrencia; en muerte perdura en el éter que se dispersa.

Partículas pasan a formar parte de la yerba en el pastizal a los intestinos de las reses y se transmutan en heces para fertilizar la tierra y en pizca de semilla para las flores de pompas funerales. Tú, hermano mío, crees que la celebridad es providencial y esperas el día cuando reconozcan en ti al gran novelista. A partir de hoy reinvéntate otra trama más entusiasta; sobre todo, goza de cada momento. Y cuando toque a tu puerta el Ángel de la Muerte recíbelo como heraldo del reino de

Júcaju. *No esperes de la vida más de lo que te dé, siempre es la justa medida de lo que tiene para dar. Mi presencia es la reivindicación de tu sueño; no mía, tuya es, tu alucinación. Hálito iterativo hay en mí porque me lo transmite tú, mi hacedor. Mi aparición depende de ti, en todo te duplico; preciso doblegarme a tus dictados, carezco de voluntad propia para contraponerte. Concurro cual visión saudosa de cosa nula, hueca y vacía. Para ti soy señal de que continúa la vida en el más allá, la más grande y anhelada de las ilusiones del humano. Acepta que pasas, no pretendas para mañana la vida que tienes hoy, regocíjate en la certitud que hay el lugar para ti en las partículas que componen la materia y en la alucinación de quien te invoque. Ya vendrá el momento que se pueda sustraer la información genética impresa en los despojos y sea natural avivarlos en el orbe terrenal. Y luego, tal vez, acaso, el día en que la muerte haya dejado de existir.*

YO ESTABA REVISANDO el Estado de Cuenta Bancario. La ventolera chillaba entre tormenteras y ventanas e infundía en los ocultos pasadizos de la mente subrepticios temores. Concurrió la Diosa Luna y mi inusitada somnolencia trascendió al sueño. Entreoí la voz de Alma Iris con el matiz de la mía decir: *Pretendes precisar atributos que circulan de la niñez a la vejez. Y lo haz de lograr. ¿Qué visión no remeda la alucinación del ser que la conjura? El aparecido es nada. Quien alucina es todo.* Alma Iris se había detenido detrás de la mecedora. Yo me serví del silencio para revelar las buenas nuevas: técnicas que imitan el milagro de la vida se han ido perfeccionando. Lo que fue privilegio exclusivo de los dioses lo es también ya de la ciencia. *Nunca faltan los aparecidos, simples duplos y marionetas del que alucina,* coreó Alma Iris. *El clonado piensa y actúa conforme a quien se reprodujo. El reavivado es menos predecible, nunca se sabe si le serán dadas las memorias de su predecesor ni cómo evolucionará. Nuevos métodos posibilitan remedar actos y expresiones del difunto por medio de inteligencia artificial cibernética y robótica. Quedan aún por enriquecer las* simulaciones, inferencias y conjeturas para lograr improvisaciones. ¡Ciertamente, ciclo abierto de posible avance indefinido es!

Cuando cuenten con el artilugio de la resurrección plena podrían retraerme a la vida y yo reintegrarme a la sociedad. El milagro será posible el día que el cerebro reconstruido pueda ser implantado en el cuerpo artificial con piel sintética y extremidades robóticas. ¿Palpitará el corazón emocionado ante lo bello? ¿Comprenderá con la razón y el corazón el mundo exterior? ¿Ejecutarán adecuadamente los instintos y reflejos? Actualmente es viable la copia computarizada del muerto; es decir, sujeto a que exista información cibernética. En mi caso esto no es posible ya que mi imagen dejó de ser reproducible digitalmente. Perfeccionada la técnica de viajar en el tiempo, incluso tal barrera sería superada. Nuevos métodos de reanimar masa se desarrollarán ante las necesidades que surjan al colonizar otros planetas. Formas de vida artificial evolucionarán en consonancia con la materia orgánica. Ojo, estas poblaciones robóticas, a su tiempo, podrían suscitar sediciones en extremo desnaturalizadas.

También visualizo nuevas formas de existencia. Habrá variedad de rasgos y capacidades con relaciones recíprocas entre géneros diversos. No sistema biológico conforme las propiedades de la naturaleza, sistema químico intervenido es la finalidad.

Toda forma de existencia requiere reproducirse para subsistir. La información biológica no desaparece al cesar las funciones vitales del organismo, permanece en los despojos inscrita y puede ser copiada. No hay misterio en ello, cada célula está regulada por el sistema de contenido genético que la preserva.

No es de origen sobrenatural la visión religiosa sino otra alucinación posible a la mente. Cabe considerar que a los muertos no es posible resucitarlos ni en la tierra ni en paraísos fantaseados.

INESPERADA, ALMA IRIS vino y llamó a mi puerta; quiero decir, lo supongo así, no recuerdo haber oído el timbre, ni voz que llamase mi nombre, ni golpes en la madera que me pusieran sobre aviso. No es que cuestione su aparición, estaba allí, ante mí; con

todo, la duda persiste. ¿Cómo entró? De madera
sólida la puerta improbable es que la hubiera fran-
queado. Y si yo le hubiera abierto lo recordaría. Soy
despistado, por qué negarlo. ¿Y qué? Hasta el viejo
cantante olvida la letrilla que tantas veces vocalizó.
¡Coño! Horas antes. Insólito sería

Aquella no fue la noche ordinaria, el tic tac del
reloj de pared marcaba los minutos tan de prisa,
daba la impresión de apremiar el alba. Y hubiera
estimulado el desvelo en mí sino porque soy cau-
tivo de Cacibú, Señor del Reino de los Sueños. Los
alisios, tan constantes, nunca soplaron. Del usual
chubasco, ni gota impactó el pavimento. Jaraneros
no se oían en las esquinas. Y de los cantantes muertos por consumo de droga ninguno vocalizó en las
velloneras. Todo era silencio cerrado en la ciudad
tan bullanguera. Me eché en la cama y volví a pensar en Alma Iris. Todo el agotamiento del mundo
cayó sobre mí y los ojos no pude mantener abiertos.
Entonces apareció la güerita. Pensé: Su vida es pasado irrebatible, la mía futuro incierto. ¿Quién es real
y quién imaginario? Y creo oí sin verbo: «No lo sabes». «De nada te ha servido la experiencia de vivir».

Ambas formas de ser concurren en ti y en mí, copió Alma Iris maquinal. *Reales somos en el contexto de lo que fuimos e imaginarios en perspectiva de lo soñado. Grado de incertidumbre hay en lo real: la estructura objetiva pasa y solo en abstracto puede representarse. Margen de escepticismo conlleva lo imaginario: el hado permite solo conjeturas de lo que es.*

¿Qué compartimos? El fondo colectivo de partículas. Atributos individuales ninguno. Yo me reconozco en mi breve ciclo vital; tú te imaginas en términos vagos. Yo me valido en algo concreto y el devenir renovado; tú te entrevés en futuro indefinido. Nada se repite; todo es. Los restos mortales pasan a formar nuevos fenotipos. La dispersión del despojo en sus partículas y el medio intervienen en el proceso.

¿Qué sabes de mí? ¿Por boca de quién? Si nunca te hubieran informado, para ti, mi vida sería nula, cero, nada. La existencia para ser requiere al menos sospecha, conjetura o presentimiento. Has creído en mí con tenacidad y esto abrió la puerta para que hoy yo esté aquí, en el umbral de tu ser corpóreo

por el poder de alucinación de tu mente. No preciso concebir ideas, formular pensamientos ni articular palabras, tú me intuyes en este enlace que más que diálogo es monólogo que tiene en ti la luz y las sombras del comienzo y el final.

Alma Iris pausó, diríase que a la expectativa de mi intervención. Pero dejé que fuera ella quien remedara las palabras:

Quién eres y serás son variables aleatorias. Que fui y acaecí son invariables irreversibles. Mi ciclo personal fue breve, mas no trivial, pasar es particular a cada vida y su duración la medida exacta. Tú me concibes como yo hubiera llegado a ser sustentándote en inferencias del devenir. Adefesio has creado, figura vaporosa que ni siquiera pasado es.

El aparecido no gesta la alucinación. Imposible: todo acto voluntario requiere del raciocinio. Los muertos somos partículas peregrinas que circundan cielo, mar y tierra sinrazón. Ustedes calculadores. Nosotros irreflexivos.

Entre lo emprendido y lo alcanzado hay divergencias casuales. Este factor subrepticio es inherente a lo que va en el flujo del acontecer. Se valida el principio de incertidumbre espontánea en lo imprevisible de cada contingencia.

Descartemos esas nociones que presuponen la realidad como construcción social reduciendo el contexto estructural a indefinida metafísica del ser. Del misterio de la muerte solo sabemos que, regulemos o no el término vital bajo la más estricta de las moderaciones o el mayor descarrío de los excesos, el final siempre se amolda a la abrupta consecuencia de lo imprevisible. Pasa la naturaleza muerta a viva en transmutación orgánica. El orbe imperecedero y no el lapso fugaz, en el ciclo que va de la masa a la materia, es la fase trascendente.

¿Qué participación tiene quien engendra la aparición? La configuración de espectro es delirio fugaz que carece de contexto sustantivo; no obstante, tiene todo lo que le aneja el que alucina.

Los universos son formaciones de cataclismos cósmicos. Las concreciones de partículas en masa crean materia viva. Los despojos, en su índole de partícula subatómica, a todo objeto son extensibles como parte del proceso que da cabida al sempiterno ciclo de los elementos. Lo que *transmuta precisa de la incertidumbre inherente en las leyes mecánicas y de la naturaleza.*

Alma Iris calló desplazándose hacia el comedor en ondulaciones uniformes. Yo la seguí, no por escapar a la soledad, a propósito de la seducción irresistible que ejercía en mí.

¡Qué no te vendan entierro! Insensato es esconder bajo la tierra el cadáver, proclamó ella cual estruendo de la caída de agua. *¿Cómo te cuadra la descomposición de la carne supurante en el féretro? A mí me resulta grotesca y barbárica. ¿Acaso son más libres los despojos en el ataúd que las partículas en los elementos? Ya se desarrollarán tecnologías para disponer de los restos mortales; entre tanto, no abras sepultura ni confines las cenizas. La naturaleza no precisa de la preservación del cadáver; el cosmos, en su avatar, de sus partículas, sí.*

¿Quién facilita la aparición: el muerto o quien alucina? ¿El que desvaría y luego retorna al diario quehacer? Personas hay que tienen el rumor del viento al mecer la fronda en el entorno ensombrecido por gemir de alma en pena. Otras conciben el vuelo del cocuyo como dispersión de espíritu errante. No de

*menor monto son los que alucinan vírgenes, ángeles,
arcángeles, querubines, brujas, duendes, hadas y tres
perros poseídos en la noche campesina.*

*Factores que propician la aparición son la
culpa, el provecho y la ilusión. José Ramírez de
Padrones vislumbró a su difunto hijo traspasar al
dormitorio sin abrir la puerta. La madre corrobo-
ró la alucinación: «Yo también lo he visto pasar».
A Segundo Figurado el ánima en pena le indicó
dónde entre guamos y corazones enterró su fortu-
na. Comentan los vecinos: «Antes lo poco que tenía
compartía con los demás, ahora escatima cada
centavo y se prohíbe de estar entre nosotros; en fin,
el cofre del difunto de nada a nadie le ha servido».
A Bejina Coronado el ángel le reveló que había en
el cielo de los escogidos especial lugar reservado
para ella. Si transgredió antes, no recuerda, ya no
vive para no tentar el pecado.*

Alma Iris pausó. Digo para mí: estoy atado
a dos propósitos: urdir la trama de mi novela a
modo del barbero de mi pueblo y ser bojike que
nada de valía tiene o quiere. No pretendo repre-
sentar el sentir de los feligreses en quienes la fe

pesa, ni de ateos que nada llevan dentro. Sé que seremos todos tras la muerte dioses dispersos en partículas elementales.

Para la parte mayor de los antepasados el propósito de vida era hacerse digno del paraíso. Mi generación, si bien no ha renegado tal modo de pensar, menos dogmática, presta está a repudiar de la fe los excesos. Hoy tribunales laicos toman jurisdicción de causa contra sacerdote por el abuso sexual de adolescente. Antes, transgresión tal no hubiera sido tomada en cuenta.

El antiguo mito persiste: adoramos Dios tripartito: Padre, Hijo y Espíritu Santo. Con todo, somos ya más comedidos en credo y dogma, entendiendo que borrascas tunden cuando adoptamos por guía infalible la visión de profeta, místico o iluminado. ¿Qué postura tomar? No atribuir verdades a la fe que fantasea. Disciérnela siempre en el preámbulo de la razón. Anhela días sosegados en el Charco Azul a la hora que los dorados flamean oblicuos sobre las aguas.

Alma Iris dijo:

Han transcurrido ochenta y dos años de mi muerte, cuanto fui en el plano terrenal ha pasado a ser estela indistinta. Y el monto peregrino de los que de mí saben, cada día más reducido, pronto quedará en cero. No lo pregunto, lo sé, el aparecido y quien lo alucina son duplos: el primero remeda los dichos del segundo, sin filosofía ni juicio propio. El inusitado monólogo es secuela del delirio del primero.

Y qué pensarías si te señalo no morí cuando supones, todo es cuento de camino, has estado evocando simulacro. La transmutación de la materia es vaga, partículas sobreviven indefinidamente. Tampoco es precisa la esotérica transparencia con que circulan éter, energía, hálitos e inmanencias. ¡Velo nebuloso hay entre vida y muerte!

Diferentes modelos del jíbaro puertorriqueño hay: José padre nunca salió de Moca. José hijo siempre viajando. Inusitados cambios sobrevinieron: dejó de fluir en su cauce el río Culebrinas, tundir en el viento la Palma Rajada y batir de alas en las ramas del antiguo limonero.

Planeé translúcida la altura sin dirección precisa, así confirmé que no estaba ya en el orbe del humano. Descubrí que la dimensión intangible está repleta de partículas de críos, ancianos, *géneros y etnias. Fue mi mayor sorpresa con qué naturalidad se fusionan estas con las de perros y gatos e insectos que por atracción fatídica se inmolan en las lámparas.*

Alma Iris pasó al patio interior como bruma de sí misma. Yo la seguí, a corta distancia. Durante largo rato impávida observó el vasto cielo. Al fin dijo: *Términos faltan para expresar la ley unificada de la totalidad que permite discernir en su conjunto vida y muerte.*

Los muertos tenemos acceso a la regeneración espontánea que los vivos ni soñar pueden. Ustedes conciben a sus dioses con poderes especiales y potestad irresistible que arbitrariamente ejercen tanto sobre el creyente como el agnóstico. Imaginen la novela donde figuren José, María y Jesús como protagonistas, jamás por lo que fueron impartirles podrían los dones celestes y despertar en el lector éxtasis divino. ¿Qué importa? A fin de cuentas, todo es mito sobre mito.

«Uara, gaitiao, gua baberoni ainkí tekera tabacu». Si me expreso en poético taíno es porque la aparición es docta en todas las lenguas del universo discursivo de quien la invoca; a su

acervo lingüístico se somete, ningún idioma le es preferido.

¿Qué hago yo en esta isla? ¿Cómo llegué? Mejor no indagar respuestas, no las hay aún. Y no quiero que la disyuntiva errada se imponga en oleadas que tergiversen, no los ceñidos espacios, los dominios de la inmensidad.

Los aparecidos somos entes sin tiempo. No me refiero a la medida del cronómetro, ni a las estaciones del año, ni al ciclo que va de lo verde a lo marchito, ni a las órbitas de los astros, sino a lo centrado justo al cero. Al pasar no dejamos huella cual partícula que llega y parte furtiva, sin denotar diferencias entre materia viva y materia muerta.

Los muertos, en el sutil cariz de aparecidos, reflejamos el entorno en secuencia diferida; no por limitación nuestra, por recurso que le permite terminar la entelequia cuando quiera quien alucina. Cada visión es siempre la primera y todo vestigio de ella se desvanece con su acontecer.

En resumen, dije yo, no hay aparición con volición propia, quien alucina la concibe, constriñe y delimita.

Alma Iris afirmó contundente:

¡Así es!

Yo agregué: no hay transmigración, ánima errante, bruja volátil, ni duende bajo la piedra. Fuera quedan regresión, dispersión y otras falsas transferencias al orbe anímico de credos paralelos y análogos en el universo tangible. Tales nociones son hijas apócrifas del delirio sin alcance cosmológico. Asimismo, insubsistente es la presunción de duplicidad de la conciencia, entendiéndose por ello que el yo extrínseco se desliga del yo íntimo y pasa a coexistir en armonía o no con este. Tal sería verse en la distancia, oír voces en el grifo y captar lo que piensa el otro. Basta, ya hay suficientes sintomatologías de locura en esto del ser para agregar más.

Otra cuestión esencial quedaba por tratarse: ¿Cómo comienza y perdura la vida? Las partículas que dan masa a la materia muerta precisan procesos químicos esenciales a la formación de estructuras. La conversión de masa inorgánica a materia activa precisa de la genética para la continua reproducción de entes únicos y distintivos. La finalidad de seres complejos es común a toda forma de existencia. Sexual o asexual, recurrente o renovadora, la función siempre la misma: multiplicarse y perdurar. En cada partícula hay, no hálito incierto, impulso que la anima. En los tejidos vivos son los procesos reproductivos, en los muertos los ácidos que hacen a la masa núcleo. El procedimiento importa poco, lo que cuenta es que la experiencia vital posterior no sea de menor capacidad, calidad y potencialidad que la anterior.

La entrada del ser vivo en el orbe del muerto obra la aparición, señaló Alma Iris irreflexiva.

Y como nunca llega al anímico encuentro con la mente en blanco, los ojos cerrados, la boca sellada y las manos vacías todo lo aporta; reducida a nula la aparición nada contribuye.

El ámbito irreal, si bien desprovisto del doblar de campanas, adquiere atributos de verosimilitud. El espectro corresponde al que lo requiere cual duplo de su propio ser. El muerto remeda al vivo disfrazando el soliloquio que copia en total conformidad. El que invoca la aparición nunca la encara, se mantiene distanciado sin revelar sus cábalas y flaquezas.

Qué simboliza la aparición para el que alucina depende de su conocimiento previo, ya sea personal, ya anecdotario. La parte mayor de las personas tienen familiares o amigos fallecidos y están al tanto de relatos que en las sombras espeluznan. En fin, nadie se imagina seres esotéricos de la nada. El que invoca la aparición es el guionista; el aparecido reproduce su papel sin agregar ni quitar nada. Es el títere por excelencia: sin iniciativa ni colaboración en el asunto. Carente de personaje propio e incapaz de establecer el hilo conductor, ninguna su contribución es.

Aquí vine obligado a injerirme en la anímica trama. ¡Ojo! La aparición puede revertir la obsesión del que alucina. Así, me sentí impulsado a expandir la casa en bruma al caney de Güeybaná. Y si no por el instinto de sobrevivencia allá hubiera procedido sin garantía de retorno.

Alma Iris retomó la palabra:

La alucinación es breve, pero su secuela duradera en el ánimo de quien la invoca. Cuando por primera vez criatura alguna asoció los fenómenos de la naturaleza con enigmas o signos sibilinos *comenzaron las apariciones. Después el culto a la muerte y las grandes mitologías vinieron a ampliar el símbolo esotérico. Ulteriormente la supuesta resurrección de Jesús divinizó la alusión dubitativa quedando como credo y dogma del cristianismo. Las continuas visiones de vírgenes reafirman la ilusoria existencia del más allá.*

La aparición precisa la coincidencia de dos esencias de factores paralelos. En el plano estructural, que la imagen no sea causa propia ni tenga consecuencias objetivas; en el nivel etéreo, que se inicie y deje de ser en el límite instantáneo de la alucinación. En su orbe la distinción entre lo factible y lo quimérico desaparece, se trastoca el compendio de las horas y las aguas se vierten, no del río al océano, del océano al río y de ahí a los tributarios y manantiales. ¡Nada es en propiedad! Su hado es como el de la luna que refleja cada noche la luz del sol.

Nunca he compartido la idea que la muerte es afín al sueño, mas puedo entender que le imparta a la parte mayor de la humanidad el estado de esperanzado sosiego avivando la ilusión de que algo permanece. Se sabe que el dormir tiene cualidad de vida. Tal noción es halagüeña a la imaginación. No obstante, aun los que dan crédito a la existencia del paraíso, tras la muerte no festejan; para reforzar la creencia del tránsito a la gloria dicen: Dejó de sufrir… Pasó a mejor vida… Dios lo acogió en su seno… Lo sepultan y vuelven a sus quehaceres.

La vida particular acaba, pero la combinación de factores que la posibilitó jamás se vuelve a repetir. La información en el código genético queda grabada en los despojos. Y las partículas se desplazan en plano horizontal, sin fronteras ni nada que le frene.

En la trama de la aparición hay algo subrepticio, misterioso, imposible de explicar, dicto yo. Si bien al albedrío de quien alucina, el desenlace nunca es predecible. Yo me levanto con el noticiero televisado, cada noche lo dejo encendido a fin de mantener cerca de mí voces e imágenes y así la impresión de estar circundado de vida. Tras evacuar regreso al dormitorio. ¿Estará esperándome Alma Iris? Se podría concluir que si lo pongo en tela de juicio es porque intuyo ya que no la encontraré.

Alma Iris se presentó después del almuerzo. Día de intenso calor, antes yo había encendido el acondicionador del aire que hace mucho ya preludia mi siesta de ocasión. Arrellanado sobre el sofá-cama en el centro de la sala primero me dormí y luego entreví que Alma Iris se parapetó tras la butaca. Tuve la impresión de que me evadía. Pensé en los antepasados y entreoí estas palabras: «*La patria llama al sacrificio y yo, su paladín, he acudido. Si caigo no será en el campo de batalla sino entre los raigones de la ceiba, eje del centro de la tierra, con mi corona y mi medalla*», afirma Güeybaná y esgrime la macana.

Mis padres constituyen el núcleo cardinal de relaciones, ya fenecidos siguen rigiendo la psiquis. Callados hablan desde mí, el trato con los demás siempre mediado por ellos. ¡Con muertos convivo! A las heroicas figuras taínas las vislumbra la imaginación cada día.

Puedo pulir mi habilidad para ganarme a los demás, mas no lo haré, solo al hipócrita le importa impresionar desconocidos.

Soy intérprete del silbo del viento, de la voz del rocío y la riada. Rige mi proceder, no el lucro obtenible, el altruismo dable. Pretendo redactar los poemas del agua, de la hierba y el sol. Soy catedrático de la universidad del silencio y dicto conferencias en aulas que están en los recodos de la conciencia. Incoherente perenne, escribo sobre mi país, sueño reseñar los universos.

Alma Iris refrendó:

A medio ambientes determinados la vida en el planeta tierra conforma. En mundos alienígenos, por analogía, a las respectivas biosferas se adaptan.

Yo intercalé:

Relaciones íntimas tengo a cuentagotas. Los compinches de la infancia quedaron con las brujas en las Marías de Moca, los de la mocedad siguen en Río Piedras imitando a Marlon Brando y James Dean y los de la madurez se pierden entre extraños al cambiar yo o ellos de residencia. Es natural, cada etapa de la vida esquematiza su particular manera de ver, entender y sentir el mundo. Los amigos abren sus propias rutas e inician otras relaciones. Ellos siguen su destino y me impulsan a seguir el mío. Tal vez los nuevos vínculos no sean tan especiales, pero aportan variables que enriquecen el discernimiento. El devenir suscita aspiraciones con brío que excede amores.

Helena, la quimérica, guiña el ojo y advierte: «*Ni entré en Troya ni me rendí a París, una entelequia soy*».

Idóneas aquellas noches que consagramos a embriagarnos en el bar restaurante La Torre entre tertulias y bohemias. Compartimos no solo corduras, protestas y metas de antemano fallidas. Estaban aquel que tamborileaba sobre la mesa con las yemas de los dedos y jipiaba; quien declamaba el poema que decía ser de su autoría sin serlo; el cantautor de protesta; y todavía otro que nos hacía creer en lenguajes astrales y escuchar cómo hablan las estrellas. No coartaban expresión alguna e intuían que poesía y música les impartían los dones de las Musas de Apolo en crepúsculos de lunarios maravillosos.

El ciclo personal compendia tornadizas circunstancias. Necesario es persistente reinventar la manera de estar vivo.

Banda de reinitas ataca la serpiente que repta la rama del cafeto al nido. En la quebrada conviven cundí y buruquena. Oigo el tozudo cantar de coquíes que compiten por hembra y territorio; el que pierde el ritmo se retira, vencido, sin violencia. Todo ello valida la coexistencia de las especies. ¡Mito taíno! Me topo con el lagarto verde en la rama baja del cafeto, lo esquivo despavorido, consciente de que rehabilitarme de su mordida requiere la irrealizable proeza de cruzar tres ríos inexistentes en la zona.

¿Dime, a quién, sino al vivo, el sentido de particularidad lo circunda? Remedó Alma Iris. *La partícula en el despojo, en contraste, vida comparte con el ente que fusiona. No lamentes mi muerte, pasé antes que la tersura del vivir opacara las bondades de las sombras.*

Yo agregué resuelto:

No estoy fragmentado entre el acá evidente y el allá intangible. En mis pensamientos hay las mismas virtudes y flaquezas que en mis actos. De día aprecio los detalles y siento el entorno transformado en armoniosos matices que cautivan mi susceptibilidad. En la noche vuela el múcaro entre la tupida fronda y me convenzo ser criatura diurna sin amplia visión, instinto ni arranque. Somos seres de luz o de sombras porque módulos genéticos lo precisan así. Nada mejor que puertas abiertas. En otros días tal vez. Hoy no lo creo. Todo acto u omisión tiene correlación, no lo ignores. El perro hace aguas menores en el umbral del apartamento; el dueño de casa sobrecarga la renta.

A saber. Canciones festivas de soles, lunas y luceros, afirmó Alma Iris. *Y endechas de asteroides, nebulosas y cometas. Y detenerse solo lo que toma la serenata en cálidos matices de estelas.*

En intervalo de luz no me planto, me privaría del prodigio de las sombras. Apreciar el entorno conlleva disfrutar el día agitado y dejar que la noche serene y torne la euforia a sosiego.

Yo, firme lugareño, dije encomiástico: En Moca el badén desaparece en la riada por la que se navegan gráciles mares y océanos.

Soy afortunado: conozco el buen amor e ignoro el malo. El bueno me desdeña, ni imaginar quiero qué me hará el otro en sus dominios.

Intencionalidad o casualidad penden de su lugar en la correlación sujeto-objeto. El conocimiento no es compendio de materias múltiples sino síntesis indivisa. Decir que ciencia, arte y religión son ramas separadas del saber es error. La ciencia propugna la exactitud del conocimiento, el arte maneja técnicas difusas y la religión infiere el dogma divino. Y todas estarían correctas en la medida que no pugnen entre sí. Entretanto, interdisciplinarios, esperamos el alcance del enfoque unificado aún por venir.

Petroglifos grabaron cuevas y rocas cuando el arte taíno disponía de risa y poesía.

Alma Iris, impasible, dijo:

¿Descubriremos, acaso, algún día, que materia, energía e inmanencia no dependen de unicidad estructural ni captación subjetiva sino de imperativos universales en su conjunto inherente? ¿Develaremos que el orbe de los vivos y el de los muertos son ciclos del mismo continuo?

Conocer, en su modo integral, es la fusión del sujeto y el objeto en que entrambos comparten lo que son. A vista de lince, puede mostrar ciertos componentes y ocultar otros. Y se vinculan en relación sustantiva de paridad; es decir, propiedad y presentación son proporciones diversas del mismo agregado.

El ser no es sino el conjunto de rasgos que adopta el ente, proyecta como tal y lo distingue, y se le discierne y califica acorde la forma que asume. La capacidad de metempsicosis varía, lo que dificulta precisar la autenticidad de cada ser. Es oportuno, pues, establecer las variantes viables en sectores separados.

Intuición, sensibilidad e imaginación son capacidades conectas a la razón. No exclusivas del humano, ni siquiera del conjunto de especies animales. Entes desnaturalizados también las tienen por recurso. Estas entidades pueden disponer de otros medios de discernimiento de mayor alcance y jugar papel activo en la categorización de la siempre inconclusa realidad.

Cada ente se aplica a dominar a los demás para llegar a ser supremo en el escalafón de la sobrevivencia. La más crasa expresión de este esfuerzo es el exterminio de aquellos que carecen de valor utilitario. Ni siquiera el medio ambiente se salva de la contienda. Del imperativo de predominio y del caos cósmico deriva que seres evolucionados estudien los universos, no por mera curiosidad científica, para abrir la puerta a otros que incursionar o habitar quieren.

ESE ANOCHECER EN extremo frío para los índices meteorológicos en la isla adelanté el abrigo de la cama. Soñaba navegar la mar cuando Alma Iris apareció ante mí diciendo: *En la pura esencia de realidad que me desplazo, no dependo de mi entelequia, derivo como partícula libre; mi dispersión es aleatoria, átomo en el céfiro, sin ver ni darme cuenta de dónde voy o qué ignoro; cuando tengo la ocasión formo parte de nueva variante que enriquece el planeta.*

La anterior expresión de Alma Iris expandió el texto. Yo agregué:

Me percibo en las Marías de Moca resuelto a deslizarme en tirigüibi por la jalda, bracear la poza de la cascada y lanzar piedras a lagartijos. Imagino sol rojo Corinto que refulge entre brechas de colinas, desciende a náyades y aviva cantos ribereños.

Aquí retomó ella la palabra:

Siento vibrar siete lunitas que en torno a su planeta enano giran. ¿Constituye universo o multiplicidad de universos en perpetua formación el cosmos? ¿Configuran separados del conjunto o coexisten sin convergir los grandes orbes? ¿Es diverso el ser humano? *¿Cuántas Alma Iris Méndez Charneco, como yo, cantan las melodías de la vida y de la muerte? Todo es comienzo, número carente de adición o exclusión. Instancias hay en que los elementos parecen cortados por el mismo patrón; en realidad, cada presentación es única, real e irrepetible en su particularidad.*

¡El muerto, también, irrumpe en la órbita del vivo! Señalé yo. Mi madre, a poco de muerta, ese amanecer lánguido y ojeroso, entró diciendo: «*¡Nene, deja ya de fumar!*». Soy de la tierra del determinado Güeybaná, decidí. Tras intentos fallidos, lentísimo, pude.

Intuimos realidades y las urdimos como parte del orbe anímico, afirmó Alma Iris. *Tomamos las presentaciones por devenir y secuela. Cada manifestación entendemos proviene de las anteriores, lo cual es falsa impresión, resultado de la insuficiencia de los sentidos. Principio y fin son extremos de la misma totalidad que el ojo humano no alcanza a diferenciar.*

Antes de que ella prosiguiera su inasible ponencia concurrí pertinaz:

En el barrio Marías de Moca, aquel que guardo en los túneles de la memoria, sembré árbol de pana en el costado de la casa. Creció y yo con él. Y sucedió que cuando partí a la metrópoli desesperado lo talé.

Hijos no quise. ¡Pensar! Y luego tener que decidir quién había de criar a quién. Escribir libros, eso sí.

Soy el prosista del concepto duración, predisposición natural que no requiere iniciativa, preámbulo ni explicación. Más bien enlace categórico de conciencia y latitud.

De instantánea, como cuando la explosión cósmica crea nuevo universo, a perpetua, cual la expansión de las galaxias, la duración integral es proporcional a la energía dispersa en el orbe invadido.

Me acompaña mi perro Leal a la cascada. Pequeños crustáceos en bancos abundan y escurridizas jaibas se sumergen en la poza en busca de carroña. Lo anterior es mero ápice del conjunto en los meandros de la memoria. Fuera quedan la corrida a que me somete el embravecido toro, el chubasco sobre la resbalosa jalda y el cimbrear de la cintura al pasar la hija de Don Teodoro. Queda tanto por referir. No digo más.

Me juzgo ser además novelista del reposo. Hemos ya visto que la aparente secuencialidad es tan solo la inhabilidad de los sentidos para distinguir las representaciones entre ellas, así como el filme de ciudad inexistente que por haber visto las imágenes se tendría por real. El cerebro rehúsa negar lo que los ojos captan. Lo imaginado, al contrario, es innegable en sí mismo.

Alma Iris intervino diciendo:

Anochecen brujas por el antiguo camino real, prueba axiomática de que duplico tu vívida imaginación. Como el cristal, reflejar la cosa ante mí es proyección involuntaria y volver la espalda mi salida. Es frío y violento el universo; pasear las estelas en cometa y montar las aristas de la aurora o el lucero son verdaderas imposibilidades.

En la bahía de San Juan, la luna emerge entre nubes en el firmamento. Yo pondero: sentir e imitar son ejercicios privados de impulsos separados. Allá afuera esencias de realidades coexisten y se dilatan en la dimensión horizontal. Cinco de enero de mil novecientos cincuenta y nueve es para siempre paradigma del Velorio de Reyes.

Evoco la mocedad, me fastidian los viajes de Moca a San Juan, los hago por necesidad, sé lo que aguarda al final: aula universitaria, eventual grado académico y empleo. Ignorando la pugna por los asientos con ventanillas, el apiñamiento y la música estridente, el carro público es el preferible medio de transportación. No es suficiente el Buen Café para mi madre, solo al bocadillo de sus manos se confía. No yo, ella valora el viaje, entiende cumplir con su deber de madre. Si bien ya en el orbe del cero, todavía va conmigo en el trayecto.

El sentimiento es personal, ondas elementales que irradian de la psiquis al espacio exterior. La emoción es variante de la impresión ajustada a la sensibilidad. La acción es el impulso que suscita la circunstancia. El amor reabre la vieja

trocha que lleva a los íntimos recodos de lo que
ha sido mi gente.

El barrio de mi juventud no pasa. Los compinches se lanzan al charco de la cascada. La novia
está sentada en el banco rústico tramando caso-
rio. Mi madre señala para mí el sueño académico.
Soy sentimental, pero pragmático sin sentirme
dividido entrambos.

Cada día, felices y volantinas, advienen esencias de pasadas realidades; todo en ellas me deleita:
campiña, familia y secuaces. Dichoso soy porque
están ahí, al vuelo de la imaginación, no quiero
perderlas. Lugar hay para mí en la extensión supi-
na donde antes, ahora y después son categorías
indistintas de lo que es. Todo va quedando atrás,
pero persiste en mi gnosis redivivo.

«Hay que ahorrar para mañana», afirmaba
mi madre con entera convicción, sin tomar en
cuenta que el total del gasto es imprevisto y la
vida va en el vaivén del aire. Similar era con la
vajilla de losa fina que mantenía bajo llave en la
alacena en espera de visita especial que nunca
llegó.

El blanco tornadizo a rojo del cafetal de mi padre hoy evoca la pureza y languidez de la gota de rocío en la yerba bruja soleada. Guaracapita, Diosa de lo Infinito, en su diáfana metamorfosis al abrigo de la fronda, me recuerda que ya triste y reflexivo, ya alegre e inconsecuente me cautiva el carmesí.

Concluidos los requisitos del Bachillerato continué estudios graduados en el exterior. Presumí que nada cambiaría. ¡Mundo nuevo! Llevaba el viejo conmigo.

La memoria nunca excluye a la hija del vecino. Juventud seductora. La menor modificación de lozanía a madurez cambiaría la correlación. ¿Cuál factor es determinante: la constancia del sol o el avatar de la luna?

Cuando yo temía aún mayor agravio, Alma Iris endulzó su soflama.

Tú no importunas hermano. Contigo la realidad tiene primacía; no obstante, dejas el campo libre para darle vuelta al péndulo de la imaginación. Presencia grata eres que previene el ceño de la frente y desdibuja el rictus de los labios. Mis abruptos inevitables son, no me incrimines, no puedo separarme del ser que alucina.

Tras el breve intervalo, yo agregué:

Presentir consiste de la frecuencia irradiada y la mente que la procesa. En el plano exegético estructural la esencia de realidad subjetiva es tan sustentable como la objetiva.

En el poblado, los vecinos ansiosos esperan pan sobado o de manteca. En el barrio, avecillas intercambian hojas por alas en las ramas del antiguo limonero.

Mi configuración suma es de partículas elementales, Alma Iris remachó. *Imposible errar si al dispersarme converjo a ente nuevo. Prueba irrebatible que lugar siempre hay para mí en la dimensión cósmica.*

Ocasiones hay en que formo parte del ala de la mariposa, de la umbrela de la medusa o del pétalo de la rosa. Tundo en el viento o fluyo en las aguas en constante zarandeo y dispersión que me trasiegan a otros organismos al arbitrio del acaso. Estoy a mis anchas en espacio despejado. Me desplazo por las rutas que parten y vuelven a las ínsulas. La frecuencia que emito es procesada por otros entes en el medio ambiente. Es, no concreción propiamente, instantánea con transcendencia.

Yo, complacido, dije: Solo en la esfera del ser es posible el acto virtuoso. El orbe interior del vivo proporciona el contexto esencial para la formación de propósitos eximios. No que el amante del terruño en su diáspora pierda la exaltación acuciada por el cundiamor y el coquí, sino que encuentre en lo ajeno el vínculo supletorio.

CUATRO DE LA mañana. Me sacudí sobresaltado. Hálito de mal agüero ondulaba por el apartamento. Sentí el deseo de salir a deambular las calles vacías de la vieja ciudad sanjuanera. Me contuve. Al deleite de las mantas de satín, dije: estás dormido. Y continué durmiendo. A través del mosquitero percibí la figura infantil, inferí que era Alma Iris, la que yo andaba buscando y ella me había encontrado a mí.

Por sexo u otra manera nace vida. Distinto cada espécimen. Y sin embargo idéntico en sus partículas. Tal siempre es. Diferencias no hay entre géneros en sus bases formativas. *En el ser vivo, amor es factor intrínseco del inconsciente,* refrendó ella mis palabras. *Y se proyecta al exterior con fuerza irreprimible.*

Del despojo surge la partícula que forma masa y gesta el ente vital. Es proceso de conversión espontánea que abarca la dispersión genética, la embriología y la modificación de organismos en géneros e individuales mediante mecanismo de fusión. Las partículas muertas se dispersan al garete; la anexión al ente, por el contrario, responde acorde la atracción y repulsión que ejercen fuerzas de cargas iguales y opuestas. Este componente transferente en la selección espontánea de la partícula es factor que genera cambio en el plano evolutivo de la materia viva. La estructura del organismo muta tanto en índole biológica como orgánica.

Los procesos son continuos, ya ampliando el fenotipo, ya evolucionando otro adaptado al medio ambiente. La naturaleza muerta provee la génesis del cambio a los entes biológicos aportando variedad y sucesión a sus acervos. Esta efusión mecánica del despojo para incorporarse a los entes es esencial a la mutación de la naturaleza viva. El ente receptor, por su parte, facilita la incorporación.

Tan pronto muere el ente se genera el proceso de dispersión de partículas en el entorno ecológico. Al garete genético, estas proveen las variantes. Los organismos vivos integran las mutaciones de ocasión. La relación permanece constante respecto a la proporción de materia y energía en la fusión. No se circunscribe a Moca, Jarabacoa y Palmarito, por situarlo así en el archipiélago del rocío, de la música y la poesía, circundan doquier en elementos que los armonizan.

En la naturaleza viva la diversidad es variable. El grado acelerado de adelanto en la biología habilita que organismos injertados con fragmentos de otros transmuten variantes con las características que se quieren preservar.

Consecuencia de la cremación es acelerar la dispersión de partículas liberadas en el entorno. Más allá, la densidad, humedad y otros factores de permeabilidad de la biósfera delimitan el proceso *de difusión. Me pregunto si subsisten partículas inmarcesibles por continua dispersión.*

En el universo vivo el pensamiento evoluciona en el individuo adelantado a su tiempo, se difunde en la comunidad, emigra a otros lugares y es adoptado por la especie en general.

En el campo subatómico la partícula evoluciona en el fenotipo diferencial. El patrón de fusión eléctrica está aún por fijarse.

La naturaleza muerta precisa la deriva inmanente, el arraigo al ente u organismo aunado y la adaptación al fenotipo diferencial de la variante. Las partículas al garete contienen propiedades genéticas que se transmiten al ente fusionado. La variable del genotipo es proceso paulatino y constante: adaptaciones sencillas que se van acumulando hasta formar estructuras complejas definidas.

La dispersión casual de la materia muerta, fortuita e incierta, le permite la incorporación al espécimen vivo al azar y la subsiguiente interacción no anticipada. Este elemento extra genético tiene la capacidad de actuar como embrión en la formación de nuevos fenotipos. La difusión espontánea del elemento inanimado es el factor motor que en su insuficiencia requiere el espécimen apto para gestar la transmutación. Pasar a ser integrante del ente en fusión constituye nueva vida genética en el proceso de transmigración variante por deriva inmanente.

La naturaleza viva y la naturaleza muerta toman parte en la proliferación de variantes fenotípicas. Ambas constituyen mecanismos integrales de la diversidad emergente. Abarca el proceso de dispersión la totalidad antes y después y el breve ciclo vivido. ¿Cuál de los factores es preeminente? Indudable es que en mayor medida contribuye a los componentes y la evolución de fenotipos la naturaleza muerta que la viva.

MANTO NEBLINOSO EXTIENDE su ondulación sobre el Viejo San Juan. Nubes tempestuosas vacían sus cuencos sobre los adoquines. El anochecer presagia muerte. Algo indefinido se suscita en mi interior. Juzgo: esta sensación ni apena ni alegra, pasa y en secuela queda. Cedo al soporífero influjo del sueño. Vislumbro a Alma Iris y sé que, queramos o no, somos figuras alternas en alucinación compartida. Resuelta, ella refrenda:

Verdades perentorias no hay, la muestra viable nunca equipara la suma de posibilidades, a más de estar supeditada a circunstancias dadas. Objetivamente solo es dable conocer eso cuya exactitud cuantitativa es demostrable y su presentación duplicable. Categorías subjetivas constituyen componentes más confiables de la realidad por ser compendios de presentación, raciocinio e imaginación.

¿Es el proceso de dispersión multi secuencial o continuo desenvolvimiento de partículas autónomas? Ambos. El primero sigue el ciclo progresivo. El segundo es fluir de átomos acelerados acorde su posición en la frecuencia indivisa.

Continuidad es la convergencia de partículas que avanzan y otras que retroceden. El universo mismo está en continua fusión de materia y vacío que expanden las concurrentes fronteras. La transformación no tiene fin, reconstituyéndose en nuevas presentaciones a modo de transmutaciones. La for-

ma adoptada puede ser ápice de abeja, néctar o miel. La partícula que las constituye siempre la misma.

¿Ocurren variantes de partículas ya al garete ya en el fenotipo que adelantan o retrasan su mutación? ¿Se disipan ínfimos montos de energía en el transcurso de difusión? No sé. Afirmar o denegar tales eventualidades requeriría explicaciones de leyes cuánticas que relacionan fenómenos demasiados especulativos. Explicar la realidad antes y después del ciclo vital comprende los misterios del más remoto pasado y el más distante futuro. ¡Imposible! Dilucidarlo queda en fondo inaccesible hoy.

¡Echar el ojo! En este escrito he querido rememorar mi hermana mayor, sosegar inquietudes y adelantar la felicidad. Pongo en claro que mis conjeturas el viento las sopló al oído cuando observaba perdices en el hoy extinto cafetal de mis progenitores.

Epílogo

ESENCIAS DE REALIDADES hay que no puedo percibir, no por ello inverosímiles. Nacer y morir fases son del proceso continuo que comenzó en el más distante pasado. La muerte no es fin sino esencia de vida distinta e interminable.

Este escrito sibilino expresa mi ilusión de converger en la vaga vastedad con los corpúsculos y las variantes de mi hermana mayor, niña por siempre, ansiada.

A ti, lector, amigo, pregunto: ¿subsistirán, acaso, la nota del babao pulsada por Giaubarey, el niño en el tirigüibi serpenteando la barranca y crío de guaraguao en lo más alto del monte?

www.ingramcontent.com/pod-product-compliance
Lightning Source LLC
Chambersburg PA
CBHW031857170626
46807CB00004B/1773